Analyse de l'œuvre

Par Anne Crochet
et Margot Dimitrov-Durand

Les Souvenirs

de David Foenkinos

lePetitLittéraire.fr

Rendez-vous sur lepetitlitteraire.fr et découvrez :

Plus de 1200 analyses
Claires et synthétiques
Téléchargeables en 30 secondes
À imprimer chez soi

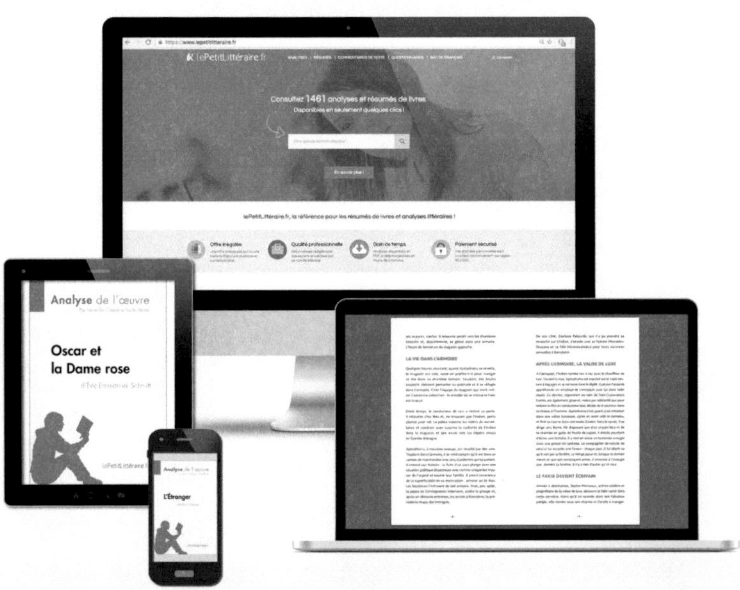

DAVID FOENKINOS

ROMANCIER, SCÉNARISTE ET RÉALISATEUR FRANÇAIS

- **Né en 1974 à Paris**
- **Quelques-unes de ses œuvres :**
  - *Inversion de l'idiotie* (2002), roman
  - *La Délicatesse* (2009), roman
  - *Charlotte* (2014) roman

La passion des livres et de l'écriture s'est emparée de David Foenkinos à l'occasion d'une convalescence de plusieurs mois lorsqu'il avait 16 ans. Ses futurs romans seront le reflet d'une forme de pulsion de vie, un héritage de cette expérience à l'hôpital. Il a ensuite suivi des études de lettres à la Sorbonne (Paris).

Gallimard publie son premier roman *Inversion de l'idiotie* en 2002, après plusieurs manuscrits non aboutis. Ses romans les plus connus, tels que *La Délicatesse* ou *Le Mystère Henry Pick* (2016), ont été publiés dans la collection Blanche de la maison Gallimard.

Écrivain populaire et auteur de nombreux bestsellers, David Foenkinos reste boudé par une partie des critiques littéraires qui lui reproche une écriture rudimentaire : ses romans revendiquent une forme de simplicité et une observation accentuée du réel. Un million de livres de poche pour *La Délicatesse* et 350 000 exemplaires du roman *Les Souvenirs* ont pourtant été écoulés.

Traduits chacun dans une quinzaine de langues, ces deux romans ont été portés sur grand écran dans les années 2010.

- 2 -

LES SOUVENIRS

L'ÉTERNEL RETOUR AU PASSÉ

- **Genre :** roman
- **Édition de référence :** *Les Souvenirs*, Paris, Gallimard, coll. « Folio », 2011, 304 p.
- **1re édition :** 2011
- **Thématiques :** famille, vieillesse, amour, écriture, passé, souvenirs

Les Souvenirs propose le récit de la complicité entre un jeune homme et sa grand-mère Denise, veuve depuis peu et contrainte de renoncer à son autonomie lorsqu'elle est placée dans une maison de retraite de la région parisienne par ses trois fils dont Michel, le père du narrateur. Le narrateur se retrouve alors au centre d'une relation difficile entre son père et sa grand-mère, jouant ainsi le rôle de confident de cette dernière pour l'aider à mieux accepter sa nouvelle vie. Ce récit, raconté à la première personne, met en lumière son histoire personnelle : sa vocation d'écrivain qui peine à éclore, son travail de veilleur de nuit sous la responsabilité du gérant Gérard qui devient un ami et ses relations familiales chamboulées (le placement de sa grand-mère, la lente dépression de sa mère et sa quête du grand amour).

La fugue de sa grand-mère à Étretat et le voyage initiatique qu'il entreprend pour la retrouver et l'accompagner à la fin de sa vie le transforment : il devient véritablement adulte, rencontre Louise dont il tombe amoureux et se rapproche de son père.

David Foenkinos utilise le motif de la boite à souvenirs comme procédé littéraire dans ce roman de veine réaliste : il alterne la narration de l'histoire avec des souvenirs, qu'ils soient ceux des personnages principaux (le premier baiser du narrateur avec Louise), de simples figurants du roman (le souvenir de l'employé des pompes funèbres qui a transporté le corps de Denise) ou de personnages historiques (tels que Charlotte Salomon, artiste plasticienne et peintre allemande d'origine juive, 1917-1943), totalement extérieurs mais importants aux yeux de David Foenkinos. Ces souvenirs apportent un regard extérieur sur les différentes manières de vivre les émotions du passé et rompent momentanément avec le fil de l'histoire.

Aussi déroutant qu'utile à l'action, ce procédé était déjà présent dans *La Délicatesse* dès 2009 sous la forme d'une brève anecdote. Le roman *Les Souvenirs* de David Foenkinos faisait partie de la sélection du prix Goncourt 2011.

RÉSUMÉ

À la mort de son grand-père, un jeune homme fait le point sur sa vie d'adulte et ses relations familiales. Il se remémore certains épisodes de son enfance et émaille son récit de souvenirs de figures connues (telles que l'écrivain américain Francis Scott Fitzgerald, 1896-1940, ou le réalisateur français Claude Lelouch, né en 1937) ou inconnues (Sonia Senerson, une pensionnaire de la maison de retraite qui se suicidera, ou l'employé des pompes funèbres).

LA CHUTE

Le narrateur rend souvent visite à sa grand-mère, Denise, qui lui raconte ses souvenirs d'enfance : après le krach de 1929, ses parents sont devenus des marchands ambulants, la forçant par là même à quitter très jeune l'école pour les suivre dans cette vie itinérante.

Après une mauvaise chute, elle se retrouve à l'hôpital, puis en maison de retraite. Elle est ainsi contrainte de quitter son appartement. Bien qu'elle refuse de s'en séparer (car elle veut obstinément retourner y vivre après sa convalescence), ses fils l'ont déjà vendu à son insu.

Dès lors, la vieille femme est triste et furieuse contre ses enfants : tous ses souvenirs étaient dans son appartement.

Le protagoniste constate que son métier l'éloigne de ses amis et le rapproche de Gérard, le gérant de l'hôtel où il travaille, dont la première femme s'est enfuie en Australie avec ses enfants. Il lui parle de sa grand-mère, de sa chute et de son affection pour elle.

Alors qu'il vient chercher Denise pour la conduire à l'enterrement de l'une de ses amies, le narrateur apprend qu'une pensionnaire, Sonia Senerson, s'est suicidée. Lors des funérailles de cette dernière, il croise le regard d'une femme mais n'a pas l'occasion de l'aborder. Dans l'espoir de la revoir, il se rend souvent sur la tombe de Mme Senerson et passe moins de temps avec sa grand-mère.

Pour l'anniversaire de Denise, le jeune homme lui offre un cadeau très personnel : une rencontre avec le peintre du « tableau à la vache », une toile qui est accrochée dans le hall de la maison de retraite et que moque gentiment sa grand-mère. Cette entrevue les émeut pourtant tous les deux.

LA DISPARITION DE DENISE

Un jour, Denise disparait de la maison de retraite. Le narrateur et son père, Michel, bien que très inquiets de cette disparition, demeurent impuissants. Le protagoniste pense alors à une fugue car il connait la joie de vivre et la soif d'indépendance de sa grand-mère. Au même moment, Gérard lui propose de devenir son associé dans la gérance d'hôtel. Ne sachant que répondre, il fuit en Normandie après avoir reçu une carte postale de sa grand-mère postée depuis les côtes de la Manche. Le narrateur a dès lors la certitude qu'il faut chercher sa grand-mère sur les traces de son enfance, dans une petite ville normande : Étretat.

Il y retrouve effectivement la vieille dame qui justifie son geste par sa volonté d'autonomie. Elle en profite pour lui raconter son enfance, sa rencontre avec son grand-père et lui faire part de son intention de revoir ses anciens camarades de primaire. Le narrateur et sa grand-mère se rendent donc chez Alice, une amie d'enfance de Denise. Or, atteinte de la maladie d'Alzheimer, cette dernière ne la reconnait plus. Denise revoit également son ancienne école, mais refuse d'y entrer. Ainsi, le narrateur s'y rend seul : il a une idée pour remonter le moral de Denise après la rencontre très déstabilisante avec Alice. Il y rencontre l'institutrice, Louise, avec qui il se lie d'amitié : il finira par l'épouser quelques années plus tard.

Denise passe toute une journée entourée des enfants de son ancienne école : elle est ravie de l'idée de son petit-fils. Mais, dans la soirée, elle est prise d'un malaise. Le narrateur la conduit alors de toute urgence à l'hôpital où elle est hospitalisée. Dès lors, avec Michel, ils vont la lui rendre visite à tour de rôle. Pourtant, le narrateur culpabilise de la livrer ainsi à son sort. Peu de temps après, sa grand-mère décède à l'hôpital.

LA RENCONTRE DE LOUISE À ÉTRETAT

Alors que le corps de la vieille dame est ramené à Paris, Michel se sent coupable de la mort de sa mère, mais aussi de l'hospitalisation de sa femme pour dépression : depuis sa retraite, elle est déstabilisée de ne plus avoir de rythme régulier et a perdu tous ses repères. Louise est présente aux funérailles de Denise. Le narrateur et Louise se rapprochent et vivent le début de leur liaison comme dans un rêve, à l'hôtel de Gérard, le temps des vacances scolaires. Effrayé par cette relation amoureuse (qui se transformera en une relation à distance quand Louise aura repris son travail), le narrateur décide de rendre visite à sa mère à l'hôpital, comme le lui a demandé Michel. Louise repart pour Étretat et ne donne plus signe de vie, ce qui inquiète fortement le jeune homme. Elle finit pourtant par le rappeler pour lui déclarer sa flamme. Au moment où ils décident de se marier, les parents du narrateur divorcent.

Son mariage a lieu au début de l'été. Les jeunes mariés organisent leur vie : le narrateur devient gérant de l'hôtel et Louise est mutée à Paris. Ils ont un enfant, Paul. Les premiers mois après sa naissance se passent mal pour Louise, qui est sujette au *baby blues*. Lorsque Paul grandit, le narrateur et sa femme partent en vacances à Barcelone, où ils se disputent puis se réconcilient.

Pourtant, Louise reproche toujours à son mari d'avoir abandonné son rêve d'écrire et finit par demander le divorce : elle ne supporte pas qu'il ait accepté la routine de tenir son hôtel et qu'il ait arrêté de se battre pour son rêve. Le narrateur accepte finalement leur séparation, ainsi que sa nouvelle vie.

Le dernier souvenir du roman revient au narrateur qui raconte le moment où il a retrouvé de l'inspiration. Le narrateur a ainsi senti que les mots lui revenaient et qu'il était enfin temps d'écrire.

ÉTUDE DES PERSONNAGES

LE NARRATEUR

Bien que le narrateur livre sa vie, ses émotions et son ressenti au fil des pages, il reste tout de même un personnage anonyme et flou, en raison du peu de détails concrets qu'il donne sur lui-même.

Âgé d'une vingtaine d'années, le narrateur rêve de devenir écrivain au début du roman mais devient veilleur de nuit dans un hôtel parisien, métier qui lui semble propice à la création. Un peu perdu et désemparé dans sa vie d'adulte (il ne sait pas s'il trouvera un jour sa voie), le narrateur apparait comme un être sensible, pudique et débordant d'imagination, ce qui le pousse à agir ou à penser de manière parfois déroutante : il espère rencontrer une femme dans un cimetière ou demande des conseils conjugaux à un caissier dans une station essence.

Attachant, ce personnage peut cependant se montrer lâche : il n'avoue pas à Louise qu'il a décidé d'abandonner l'écriture et est relativement indifférent face à l'hospitalisation de sa mère. Lors de son séjour à Étretat, il rencontre Louise, sa future femme. Anxieux au début de leur relation (il s'inquiète de ne plus avoir de ses nouvelles lorsqu'elle rentre chez elle), le héros de David Foenkinos se rassure au fil de sa romance. Il épouse Louise et devient papa d'un petit Paul. Elle finit pourtant par demander le divorce : il l'accepte, résigné de ne pas avoir su la retenir.

Devenu gérant d'un hôtel sur la proposition de son employeur, le narrateur se rend compte que ce métier, pourtant éloigné de ses préoccupations littéraires, le satisfait pleinement : « Je découvrais l'amour du concret, des choses bien faites. Au fond, j'avais l'âme d'un gérant d'hôtel. Je prenais définitivement mes distances avec les mots. » (p. 233)

Victime de sa liberté, il est hésitant face à la multiplicité des choix de vie que lui offre son époque : « Je voulais une vie et son contraire. J'étais amoureux de Louise, j'aimais notre vie et notre enfant, et pourtant il m'arrivait d'étouffer. » (p. 251)

Sa grand-mère, par sa fuite à Étretat, a initié chez lui une réflexion sur sa propre existence qui l'a transformé et l'a amené à concrétiser son projet : écrire. Confronté à la mort à maintes reprises tout au long du récit, il prend conscience de la valeur mais également de la fugacité de la vie.

LA GRAND-MÈRE

Fille de quincaillers normands, Denise quitte sa terre natale lorsque ses parents, touchés par le krach de 1929, deviennent marchands ambulants.

Durant la guerre, son père part au front sans donner de nouvelles. Denise et sa mère finissent par le retrouver mourant dans un hôpital. Le lit voisin est alors occupé par un jeune soldat de la même unité qui sympathise avec elles et qui deviendra le mari de Denise. Les jeunes gens ont trois enfants (Michel et ses deux frères ainés).

Au seuil de leur vieillesse, ils quittent leur maison familiale pour un appartement de taille plus modeste.

Denise et son mari entretiennent une relation complexe : bien qu'ils s'agacent mutuellement, ils ne peuvent vivre l'un sans l'autre. D'ailleurs, la mort de son époux affecte beaucoup Denise : « Passer sa vie ensemble, c'est aussi mourir ensemble » (p. 17), explique le narrateur. Dès lors, elle continue à vivre dans le souvenir de son mari.

Victime d'un accident domestique, Denise accepte à contrecœur de quitter son appartement pour une maison de retraite, en souhaitant secrètement regagner un jour son logement. Cet espoir s'effondre quand elle apprend que ses fils l'ont vendu à son insu. Cet évènement lui fait prendre conscience de sa perte d'autonomie. Pour se révolter, Denise décide de fuguer à Étretat et de retrouver ses anciens camarades, qu'elle a dû quitter brutalement. Elle décède durant ce séjour normand.

LOUISE

Dès la première évocation de Louise, le lecteur sait que ce personnage féminin sera important dans le roman : « Je pourrais décomposer son arrivée vers moi pendant de nombreuses pages » (p. 162) explique le narrateur.

Institutrice primaire à Étretat, Louise est décrite comme une personne éprise de culture et déçue par l'amour : elle trouve sa raison de vivre auprès des enfants.

Amoureuse du narrateur, elle se marie avec lui pour faciliter sa mutation à Paris mais victime du *baby blues*, elle vit difficilement la naissance de leur fils, Paul. Après huit ans de vie commune, Louise demande le divorce : elle s'est rendu compte qu'elle n'aimait plus son mari. Les reproches sur son inactivité littéraire qui lui sont adressés peuvent être considérés comme des signes avant-coureurs de leur rupture.

LE PÈRE

Troisième fils de Denise et de son mari, cet ancien employé de banque porte le même prénom que son frère ainé, mort-né.

Michel fait prématurément son service militaire pour échapper à un cocon familial étouffant et rencontre la mère du narrateur à la sortie d'une église. Il l'aborde maladroitement : « Vous êtes si belle que je préfère ne jamais vous revoir » (p. 35) lui déclare-t-il avant de partir sans demander son reste. Les deux jeunes gens se retrouvent grâce à des connaissances communes et entament une liaison, dont est issu le héros de l'histoire.

Michel est très attaché à son épouse, qu'il place au premier rang de ses priorités : il est ainsi très affecté par sa dépression et effondré par sa demande de divorce après sa rencontre avec un homme plus jeune pendant son hospitalisation.

Le narrateur considère son père comme un homme froid, qui montre peu ses émotions (voire qui n'en a peut-être pas) et d'un pragmatisme extrême.

Au début du roman, on apprend que le père du narrateur est à la retraite depuis peu. Cette situation bouleverse sa vie et l'angoisse quelque peu. Ainsi a-t-il l'impression que sa carrière dans la finance a été vaine et vide de sens.

Sa peur de vieillir après le décès de son père, le fait qu'il se remette en question, ainsi que sa culpabilité face à la situation de sa femme et à l'entrée de sa mère dans une maison de retraite, touchent son fils jusque-là indifférent à son égard. Dès lors, les deux hommes, qui étaient d'abord assez distants, se rapprochent sensiblement : Denise devient leur sujet de discussion et d'inquiétude.

Le narrateur avoue avoir tenté de se rapprocher de son père durant son enfance, mais que face à sa « sécheresse affective » (p. 17), il s'est senti désarmé et s'est éloigné de lui. En effet, écrivain dans l'âme, le narrateur comprend mal le caractère « terre à terre » de son père.

LA MÈRE

Professeure d'histoire, la mère du narrateur est prise d'une soudaine envie de voyager au début de sa retraite. Mais ce désir d'ailleurs cache en réalité un malaise plus profond, lié à un dégout de l'existence : « Nous pensions qu'elle voulait profiter de la vie, pas qu'elle ne supportait plus la sienne. » (p. 69) En pleine dépression, la mère du narrateur est hospitalisée dans une clinique spécialisée. Elle y rencontre un jeune professeur d'allemand pour qui elle demande le divorce. Au bout de quelques années, elle revient cependant vers Michel.

GÉRARD RICOBERT

Gérard est le gérant de l'hôtel parisien où travaille le narrateur comme veilleur de nuit. Aux premiers abords, il semble bavard et sans complexe : il devient rapidement l'ami du narrateur.

Il est de la même génération que le père du jeune homme et sait lui apporter une écoute attentive ainsi que des conseils pour mener sa vie d'adulte : « Cet homme avait agi comme un père. » (p. 190)

Gérard, loin d'abuser de sa supériorité hiérarchique, prend le narrateur sous son aile et fait même preuve de compréhension quand le jeune homme part à Étretat à la recherche de sa grand-mère. Il va même servir de guide à Louise dans Paris pendant que le narrateur travaille la nuit. C'est cette rencontre personnelle qui conduit le narrateur à devenir gérant d'hôtel à son tour, permettant ainsi à Gérard de partir en Australie rejoindre ses enfants.

LE PEINTRE DU TABLEAU DE LA VACHE

Le narrateur organise une surprise pour l'anniversaire de sa grand-mère : une rencontre avec le peintre du « tableau de la vache », exposé dans le couloir de la maison de retraite (p. 77).

Il s'agit d'un homme retiré du monde, qui peint « des croûtes incontestables », c'est-à-dire des tableaux d'une grande laideur, selon le narrateur. Lui et sa grand-mère partagent un moment de complicité moqueuse en rencontrant cet homme. Or, « finalement, [ils ont] remotiv[é] un artiste en perdition » (p. 79) : cette brève rencontre montre à Denise et son petit-fils que la vie continue malgré la maison de retraite, ce qui émeut profondément la vieille dame.

CLÉS DE LECTURE

UNE ESTHÉTIQUE FRAGMENTAIRE DU SOUVENIR

Les chapitres pairs du roman sont consacrés aux souvenirs de personnages fictionnels ou de personnes réelles. Ces passages sont également le lieu de réflexions diverses sur la thématique du souvenir, impossibles à synthétiser tant elles sont différentes les unes des autres et fragmentaires.

Néanmoins, deux conceptions du souvenir émergent à plusieurs reprises, à la fois dans ces chapitres spécifiques et dans le reste du roman : le souvenir comme « paradis perdu » (p. 19), où l'on se réfugie en temps de crise, et le souvenir comme écho du futur. Ces acceptions se retrouvent d'ailleurs dans les deux premiers chapitres-souvenirs de l'œuvre (les chapitres II et IV).

Dans la première conception, le souvenir renvoie à un moment de pur bonheur, unique et perdu à jamais car inscrit dans le passé ; seule la mémoire permet de l'atteindre. Ainsi, les souvenirs suscitent le plus souvent la mélancolie, la tristesse, et sont un lieu de refuge en cas de coup dur (p. 129).

Mais ces souvenirs sont parfois douloureux, ce qui implique une redécouverte progressive, voire un mutisme prudent (p. 43 et 159-161). Une attention toute particulière est portée au souvenir des premières fois (« Le début d'une histoire est la matière des souvenirs les plus précis », p. 192 ; « les premières fois sont la suprématie des souvenirs », p. 253), qui protège de la lassitude de la vie. Ainsi, le souvenir initial est au cœur d'un jeu de poupées russes : il resurgit lorsqu'un évènement similaire se produit. Par ailleurs, les souvenirs sont les seules choses qui nous appartiennent vraiment. Le narrateur pense que c'est la somme de ses différents souvenirs et la mélancolie qu'ils engendrent (et qui s'impose à nous) qui est à l'origine de son désir d'écrire.

Dans la seconde optique, le souvenir est également perçu comme quelque chose de précieux et d'inestimable, mais son appréhension temporelle est différente : il est écho de l'avenir et non un rappel du passé : « Je n'avais que vingt ans, mais ma mémoire précédait ma naissance » (p. 24), explique Patrick Modiano (écrivain français, né en 1945). Les évènements de notre vie annoncent, de diverses manières, la teneur de notre avenir, nous offrant ainsi les lignes de notre destin (p. 60 et 158). Cette vision particulière ne semble néanmoins pas partagée par le narrateur, perdu dans sa vie : « Et personne n'a eu l'idée d'inventer les souvenirs du futur. » (p. 20)

UNE FRESQUE FAMILIALE DES TROIS ÉTAPES DE LA VIE

Les Souvenirs est un roman qui met en scène les différentes étapes de la vie qui se succèdent et qui entrainent des changements irréversibles. Deux choix s'offrent alors aux personnages : se résigner ou se révolter.

Cette seconde option est la stratégie adoptée par la grand-mère, qui a planifié sa fuite de la maison de retraite vers son enfance, en économisant l'argent que son fils lui donnait pour aller chez le coiffeur (p. 124). Elle a ainsi fait le choix de ne pas rester spectatrice de la dernière étape de sa vie.

Ce roman raconte l'histoire d'une complicité intergénérationnelle entre un jeune homme, plus tout à fait un étudiant mais pas tout à fait un adulte, et sa grand-mère Denise, qui entre brutalement dans la dernière étape de sa vie.

La situation initiale présente donc trois personnages, chacun occupé par les défis de sa génération : construire son avenir et s'installer dans la vie active, organiser sa vie de retraité et appréhender autant sa vieillesse que son veuvage. Ils sont définitivement bousculés par le placement en maison de retraite de la grand-mère :

- **le narrateur** : il est perdu quant aux choix qu'il doit poser pour réussir sa vie. Contrairement à Denise et son père, il est dans la saison de la vie la plus exaltante, celle que chaque adulte se remémore avec nostalgie. Or face à notre époque et sa multiplicité de choix amoureux et professionnels (autrefois, les gens vieillissaient avec leur conjoint jusqu'à ce que la mort les sépare, et reprenaient l'affaire de leurs parents sans se poser de questions existentielles), le narrateur est terrorisé et ne se lance pas dans l'écriture car il a besoin avant tout de s'ancrer dans la vie concrète ;
- **Michel** : lorsqu'il part à la retraite, il doit devenir le parent de sa mère et vit des difficultés avec son épouse. Il accuse le coup de ne plus être actif professionnellement et doit endosser les responsabilités les plus ingrates (bien qu'elles soient nécessaires) vis-à-vis de sa mère ;

- **la grand-mère :** elle perd son mari puis son autonomie en quelques mois. Elle connait dès lors les affres de la mélancolie et de la solitude qui la ronge.

La vieillesse des parents et ses conséquences constituent ainsi la thématique principale de ce roman familial : Michel doit assumer la responsabilité ingrate de devenir le « parent » de sa propre mère (surveiller ses sorties, lui donner de l'argent de poche pour aller chez le coiffeur ou décider de vendre son appartement sans tenir compte de son avis).

Anna Gavalda (femme de lettres française, née en 1970) a également écrit une fiction sur le même thème : la force des liens intergénérationnels entre un jeune homme et sa grand-mère ainsi que le poids de la vieillesse. L'auteure raconte, dans le roman *Ensemble, c'est tout* (2004), l'histoire de Franck et de sa grand-mère Paulette, qui dépérit dans une maison de retraite. Avec ses colocataires Camille et Philibert, Franck va l'accompagner pour qu'elle puisse terminer sa vie dans son ancienne maison, le lieu de tous ses souvenirs.

À l'instar d'*Ensemble, c'est tout*, les hommes chargés de prendre ces décisions ingrates (Franck et Michel) sont critiqués par les destinataires (Paulette et Denise). Il y a un profond malaise entre le fils et sa propre mère : « Elle vit soudain à quel point elle n'était plus une mère, mais un poids. Est-ce cela la ligne de démarcation de la véritable vieillesse ? » (p. 30) Michel se sent coupable tandis que Denise vit ses décisions comme des trahisons.

Il faut l'intervention d'un autre personnage (Camille dans *Ensemble c'est tout* ou le narrateur des *Souvenirs*) pour jouer un rôle de médiation.

Le narrateur est l'élément fédérateur entre Denise et son fils, dont les relations périclitent. Il comprend les responsabilités de son père comme les aspirations de sa grand-mère : « J'étais protégé de la nécessité de participer à ce choix par la génération qui me séparait de ma grand-mère [...], et j'en ressentais comme un certain soulagement. » (p. 29) Il comprend la peine de sa grand-mère de devoir faire le deuil de son indépendance et cherche à lui rendre la vie plus douce face à l'atmosphère lugubre de la maison de retraite.

Les Souvenirs est donc un roman sur la liberté et l'indépendance dont les adultes jouissent. Même diminuée, Denise est encore libre de ses choix. Cet élément rend d'ailleurs toute sa saveur à une scène marquante du roman, quand Michel et son fils déposent un avis de recherche au commissariat et que le policier demande au père du narrateur si sa mère est majeure (p. 93). Le père s'énerve car il sent qu'on se moque de lui, tout en ressentant une inquiétude terrible d'imaginer qu'il soit arrivé quelque chose à sa mère. Mais la réponse imparable du policier permet à Denise de reprendre sa place d'adulte. En effet, si Denise a été capable d'organiser sa fuite et de la mener jusqu'au bout, la police n'a pas le droit d'entraver sa liberté : une maison de retraite n'est pas une prison.

ÉTRETAT, LE POINT DE DÉPART D'UN VOYAGE INITIATIQUE

L'écriture de David Foenkinos

Si l'action se déroule majoritairement à Paris et dans sa région, la fuite de la grand-mère (l'élément perturbateur de la structure narrative) constitue le tournant de l'histoire et nous plonge dans l'ambiance des côtes normandes. David Foenkinos, adepte du *name dropping* (qui consiste à utiliser des noms connus pour s'assurer l'adhésion du lecteur), a choisi Étretat comme étant le point de chute de Denise, la petite ville où elle a grandi avec ses parents. Lors de l'écriture des *Souvenirs*, David Foenkinos tourne en Normandie l'adaptation littéraire d'un précédent roman, *La Délicatesse*. Le choix d'Étretat n'est pas anodin. En effet, l'écriture de Foenkinos est cinématographique : l'aiguille et les falaises d'Étretat font partie de l'imaginaire collectif, des manuels d'histoire et géographie. Le narrateur déclare que « ce paysage est une condamnation à se maintenir en vie » (p. 154), bien que cette ville soit connue pour être un lieu propice au suicide. Étretat représente une sorte d'éden aussi bien pour Denise que pour son petit-fils. C'est une petite ville où chacun connait son voisin, où l'on peut se réfugier dans ses souvenirs car rien n'a vraiment changé : « Nous étions là dans une petite école primaire d'Étretat, incrustés dans le quotidien de ces gens. Et on avait l'impression de faire partie du décor depuis toujours. » (p. 172)

David Foenkinos nomme également Sainte-Adresse, commune peinte par Claude Monet (peintre impressionniste français, 1840-1926) sur la route du Havre, ou fait référence au film de Claude Lelouch (né en 1937) *Un homme et une femme* (1966) qui se déroule à Deauville sur l'autoroute A13, celle qui mène les Parisiens à leur maison de vacances en Normandie. L'auteur évoque des décors connus de tous qui ont inspiré nombre d'artistes.

L'auteur fait également référence à sa propre personne à travers le narrateur, avec lequel il partage quelques similitudes :

- il est précisé que le narrateur a également subi une lourde complication de santé quand il était adolescent ;
- le jeune homme est proche de sa grand-mère, tout comme l'auteur ;
- ils partagent les mêmes gouts musicaux et cinématographiques.

L'éphémère retour aux rôles familiaux traditionnels

Cette quête commune des souvenirs de leurs enfances respectives explique en grande partie la complicité exceptionnelle qui lie une grand-mère à son petit-fils. Denise l'a entrainé dans une fugue d'adolescente, une cavale insensée pour une femme de son âge qui voulait, par tous les moyens, s'arracher à sa solitude et revivre ses souvenirs d'enfance.

Bien que conscient de l'inquiétude qui ronge son père à Paris, le narrateur décide de redonner pleinement sa place de matriarche à sa grand-mère et lui laisse vivre sa liberté. Elle veut obstinément retrouver ses origines, sans l'aide de ses fils qui n'ont pas compris l'importance de cette quête et sa détresse d'être en maison de retraite. Le narrateur admire sa grand-mère d'avoir osé fuguer (p. 124) Dotée encore de toutes ses facultés intellectuelles, Denise fait respecter ses indications dans l'organisation des visites : « J'avais suggéré de téléphoner mais ma grand-mère voulait qu'on passe à l'improviste » (p. 154) explique le narrateur. Si Denise a pu quitter seule la maison de retraite, son affaiblissement physique est tel que sans l'aide de son petit-fils, elle ne serait sans doute jamais parvenue à atteindre son but.

Le paradis perdu de Denise

Le narrateur et sa grand-mère rendent visite à Alice, une ancienne camarade d'école de Denise dans le but de « guérir » cette déchirure d'avoir dû quitter précipitamment ses camarades de classe.

À travers le personnage d'Alice, David Foenkinos aborde la question de la maladie d'Alzheimer, une maladie dont on parle beaucoup dans les médias mais dont on saisit mal l'intensité dramatique sur le plan familial : « On en parle tout le temps de cette maladie, les gens ont l'impression de la connaître mais tant que vous ne voyez pas votre mère vous regarder comme une parfaite inconnue, alors vous ne connaissez pas cette saloperie » déclare la fille d'Alice (p. 155). David Foenkinos en profite pour retracer le souvenir d'Alois Alzheimer (neurologue et psychiatre allemand, 1864-1917) à Francfort en 1901 lors de sa découverte de la maladie d'Alzheimer. Cette rencontre avec son ancienne camarade ébranle profondément Denise : elle reconnait parfaitement Alice et espérait être reconnue pour pouvoir partager avec elle ses souvenirs.

C'est la jeune génération, une classe d'enfants de CE2 et leur institutrice Louise, qui vont aider Denise à « réparer » la déchirure de son enfance en partageant une journée d'école. Son petit-fils rend possible cette idée qui lui avait effleuré l'esprit mais qu'elle avait écartée. C'est l'une des scènes les plus marquantes du roman : ce récit intergénérationnel montre l'intérêt d'un jeune homme pour le passé de sa grand-mère.

Les enfants posent des questions à Denise sur sa vie. David Foenkinos, à travers ces phrases d'une naïveté enfantine, donne à voir le temps qui passe et l'écart qui se creuse entre les époques : « Est-ce que tout était en noir et blanc quand vous étiez petite ? » demande un élève de CE2. Par l'attachement des enfants à Denise, le lecteur découvre un autre visage de la vieillesse à travers les yeux de ces élèves, ébahis par cette nouvelle camarade peu ordinaire. Ce jour-là, Denise a été au centre de l'attention et a reçu beaucoup d'amour, de quoi réparer quelque peu le traumatisme qu'elle a vécu enfant.

Denise est victime d'un malaise à la fin de cette journée. Bien que l'instant soit dramatique, le lecteur ressent davantage le repos d'une personne apaisée d'avoir pu atteindre le but qu'elle s'était fixée avant de s'éteindre : celui de se réconcilier avec son passé.

La fin définitive de l'enfance

D'avoir accompagné sa grand-mère dans sa quête est une précieuse source de réconfort pour le narrateur lors de l'enterrement de Denise : il a aidé sa grand-mère à retrouver ses souvenirs. En effet, la mort de son grand-père lui a fait comprendre combien il est important de vivre l'instant présent et de cultiver les souvenirs. Les autres adultes de sa famille lui sont même reconnaissants de cette journée d'école qu'il a organisée pour Denise. Ses oncles et ses parents le considèrent dès lors comme un adulte à part entière. On peut dire que l'accompagnement de sa grand-mère à Étretat constitue un voyage initiatique pour le narrateur : il marque pour lui la fin de l'enfance et son entrée définitive dans l'âge adulte.

UNE AMBITION CONTRARIÉE

Le narrateur n'est plus le même quand il revient de la morgue du Havre après avoir suivi le corbillard de sa grand-mère. Il prend la décision de quitter son appartement pour vivre dans l'hôtel où il travaille, là où débute son histoire d'amour avec Louise. Bien qu'il ait le souhait d'écrire dès le début du roman, rien ne déclenche l'écriture. Au fil de son histoire avec Louise (principalement après qu'il a accepté d'assumer la gérance de l'hôtel), il s'avoue à lui-même ne plus avoir le désir d'écrire mais s'enlise dans un mensonge : Louise le voit davantage comme un futur écrivain (c'est comme ça qu'il s'est présenté à elle à Étretat) que comme un gérant d'hôtel. Elle lui reproche de ne pas s'être donné les moyens de poursuivre son rêve. Ils se quittent après une dispute en vacances à Barcelone où le narrateur est surpris par sa propre violence : il fracasse des objets dans leur chambre d'hôtel, furieux que leur vie de couple ne prenne pas la tournure espérée.

Le narrateur est finalement soulagé d'avoir avoué à Louise qu'il ne comptait pas écrire de roman. La fin du récit constitue pourtant un dénouement personnel. Si sa femme l'a quitté pour repartir à Étretat, si son enfant de 5 ans vit loin de lui et s'il a accepté de devenir le gérant de l'hôtel, il vit pourtant heureux. Ce bonheur retrouvé provoque chez lui un déclic : s'il n'a pas réussi à écrire, c'est parce qu'il n'avait pas fini la quête de ses souvenirs, comme l'avait fait sa grand-mère avant lui. Il lui a fallu la naissance de son fils, l'échec de son mariage avec Louise, le divorce de ses parents puis leurs retrouvailles pour comprendre qu'il avait accumulé la mélancolie nécessaire à l'écriture car le présent n'existe qu'avec le passé.

PISTES DE RÉFLEXION

QUELQUES QUESTIONS POUR APPROFONDIR SA RÉFLEXION...

- Quels rapports entretient le narrateur avec son père ? Montrez comment ils évoluent au fil de l'œuvre.
- Quels rapports entretient le narrateur avec sa mère ? En quoi sont-ils différents de ceux développés avec les autres membres de sa famille ?
- Comment sont appréhendées les relations intergénérationnelles dans *Les Souvenirs* ?
- Comment l'auteur traite-t-il la thématique de la vieillesse ?
- En quoi la nostalgie a une incidence sur les trajectoires des personnages de ce roman ? Quelle importance la nostalgie tient-elle dans leurs vies ?
- Quel est le rapport du narrateur à l'écriture ?
- Quels éléments rendent cinématographique l'écriture de David Foenkinos ?
- Citez d'autres romans qui évoquent les liens intergénérationnels et la vieillesse ? Quels sont leurs points communs et leurs différences avec *Les Souvenirs* ?
- « Je n'avais que vingt ans, mais ma mémoire précédait ma naissance. » Commentez cette citation de Patrick Modiano extraite des *Souvenirs*.
- Quels éléments trouvez-vous particulièrement romanesques dans ce roman de facture réaliste qui reflète notre époque ?

Votre avis nous intéresse !
Laissez un commentaire sur le site de votre librairie en ligne
et partagez vos coups de cœur sur les réseaux sociaux !

POUR ALLER PLUS LOIN

ÉDITION DE RÉFÉRENCE

- FOENKINOS D., *Les Souvenirs*, Paris, Gallimard, 2011.

ADAPTATION

- *Les Souvenirs*, film réalisé par Jean-Paul Rouve et coscénarisé par David Foenkinos, avec Michel Blanc, Mathieu Spinosi, Chantal Lauby et Annie Cordy, France, 2015.
Le film s'ouvre sur l'enterrement du grand-père. La caméra fait un gros plan sur la grand-mère qui comprend que sa vie va rapidement changer. L'adaptation cinématographique suit la trame de l'histoire et met particulièrement en valeur les deux scènes marquantes du roman : la complicité entre le petit-fils et sa grand-mère devant le tableau de la vache et la déposition d'un avis de recherche au poste de police pour une personne majeure. Le réalisateur a toutefois pris quelques libertés avec le roman, préférant par exemple ne pas adapter le procédé littéraire de la boite à souvenirs ou la dépression de la mère du narrateur, ceci afin de donner la part belle à l'histoire d'amour naissante avec Louise : c'est d'ailleurs la scène finale du film, qui ne montre pas la suite de leur relation, contrairement au roman.

SUR LEPETITLITTÉRAIRE.FR

- Fiche de lecture sur *La Délicatesse* de David Foenkinos.

Retrouvez notre offre complète sur lePetitLittéraire.fr

- des fiches de lectures
- des commentaires littéraires
- des questionnaires de lecture
- des résumés

ANOUILH
- Antigone

AUSTEN
- Orgueil et Préjugés

BALZAC
- Eugénie Grandet
- Le Père Goriot
- Illusions perdues

BARJAVEL
- La Nuit des temps

BEAUMARCHAIS
- Le Mariage de Figaro

BECKETT
- En attendant Godot

BRETON
- Nadja

CAMUS
- La Peste
- Les Justes
- L'Étranger

CARRÈRE
- Limonov

CÉLINE
- Voyage au bout de la nuit

CERVANTÈS
- Don Quichotte de la Manche

CHATEAUBRIAND
- Mémoires d'outre-tombe

CHODERLOS DE LACLOS
- Les Liaisons dangereuses

CHRÉTIEN DE TROYES
- Yvain ou le Chevalier au lion

CHRISTIE
- Dix Petits Nègres

CLAUDEL
- La Petite Fille de Monsieur Linh
- Le Rapport de Brodeck

COELHO
- L'Alchimiste

CONAN DOYLE
- Le Chien des Baskerville

DAI SIJIE
- Balzac et la Petite Tailleuse chinoise

DE GAULLE
- Mémoires de guerre III. Le Salut. 1944-1946

DE VIGAN
- No et moi

DICKER
- La Vérité sur l'affaire Harry Quebert

DIDEROT
- Supplément au Voyage de Bougainville

DUMAS
- Les Trois
  Mousquetaires

ÉNARD
- Parlez-leur
  de batailles,
  de rois et
  d'éléphants

FERRARI
- Le Sermon sur la
  chute de Rome

FLAUBERT
- Madame Bovary

FRANK
- Journal
  d'Anne Frank

FRED VARGAS
- Pars vite et
  reviens tard

GARY
- La Vie devant soi

GAUDÉ
- La Mort du
  roi Tsongor
- Le Soleil des
  Scorta

GAUTIER
- La Morte
  amoureuse
- Le Capitaine
  Fracasse

GAVALDA
- 35 kilos d'espoir

GIDE
- Les
  Faux-Monnayeurs

GIONO
- Le Grand
  Troupeau
- Le Hussard
  sur le toit

GIRAUDOUX
- La guerre de
  Troie
  n'aura pas lieu

GOLDING
- Sa Majesté des
  Mouches

GRIMBERT
- Un secret

HEMINGWAY
- Le Vieil Homme
  et la Mer

HESSEL
- Indignez-vous !

HOMÈRE
- L'Odyssée

HUGO
- Le Dernier Jour
  d'un condamné
- Les Misérables
- Notre-Dame
  de Paris

HUXLEY
- Le Meilleur
  des mondes

IONESCO
- Rhinocéros
- La Cantatrice
  chauve

JARY
- Ubu roi

JENNI
- L'Art français
  de la guerre

JOFFO
- Un sac de billes

KAFKA
- La Métamorphose

KEROUAC
- Sur la route

KESSEL
- Le Lion

LARSSON
- Millenium 1. Les
  hommes qui
  n'aimaient pas
  les femmes

LE CLÉZIO
- Mondo

LEVI
- Si c'est un
  homme

LEVY
- Et si c'était vrai…

MAALOUF
- Léon l'Africain

MALRAUX
• La Condition
humaine

MARIVAUX
• La Double
Inconstance
• Le Jeu de l'amour
et du hasard

MARTINEZ
• Du domaine
des murmures

MAUPASSANT
• Boule de suif
• Le Horla
• Une vie

MAURIAC
• Le Nœud
de vipères

MAURIAC
• Le Sagouin

MÉRIMÉE
• Tamango
• Colomba

MERLE
• La mort est
mon métier

MOLIÈRE
• Le Misanthrope
• L'Avare
• Le Bourgeois
gentilhomme

MONTAIGNE
• Essais

MORPURGO
• Le Roi Arthur

MUSSET
• Lorenzaccio

MUSSO
• Que serais-je
sans toi ?

NOTHOMB
• Stupeur et
Tremblements

ORWELL
• La Ferme
des animaux
• 1984

PAGNOL
• La Gloire de
mon père

PANCOL
• Les Yeux jaunes
des crocodiles

PASCAL
• Pensées

PENNAC
• Au bonheur
des ogres

POE
• La Chute de la
maison Usher

PROUST
• Du côté de
chez Swann

QUENEAU
• Zazie dans
le métro

QUIGNARD
• Tous les matins
du monde

RABELAIS
• Gargantua

RACINE
• Andromaque
• Britannicus
• Phèdre

ROUSSEAU
• Confessions

ROSTAND
• Cyrano de
Bergerac

ROWLING
• Harry Potter à
l'école des sor-
ciers

SAINT-EXUPÉRY
• Le Petit Prince
• Vol de nuit

SARTRE
• Huis clos
• La Nausée
• Les Mouches

SCHLINK
• Le Liseur

SCHMITT
- La Part de l'autre
- Oscar et la
  Dame rose

SEPULVEDA
- Le Vieux qui
  lisait des romans
  d'amour

SHAKESPEARE
- Roméo et Juliette

SIMENON
- Le Chien jaune

STEEMAN
- L'Assassin
  habite au 21

STEINBECK
- Des souris et
  des hommes

STENDHAL
- Le Rouge et
  le Noir

STEVENSON
- L'Île au trésor

SÜSKIND
- Le Parfum

TOLSTOÏ
- Anna Karénine

TOURNIER
- Vendredi ou
  la Vie sauvage

TOUSSAINT
- Fuir

UHLMAN
- L'Ami retrouvé

VERNE
- Le Tour
  du monde
  en 80 jours
- Vingt mille
  lieues sous
  les mers
- Voyage au
  centre de
  la terre

VIAN
- L'Écume des jours

VOLTAIRE
- Candide

WELLS
- La Guerre des
  mondes

YOURCENAR
- Mémoires
  d'Hadrien

ZOLA
- Au bonheur
  des dames
- L'Assommoir
- Germinal

ZWEIG
- Le Joueur
  d'échecs

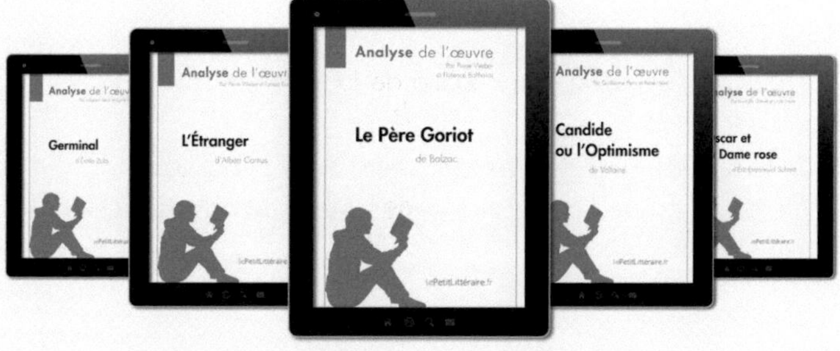

www.lepetitlitteraire.fr

ISBN version numérique : 978-2-8062-3074-4
ISBN version papier : 978-2-8062-3076-8
Dépôt légal : D/2013/12603/295

Avec la collaboration de Margot Dimitrov-Durand pour la présentation de l'auteur et du roman, l'étude des personnages de Gérard et du peintre du tableau de la vache ainsi que pour les chapitres « Une fresque familiale des trois étapes de la vie », « Étretat, le point de départ d'un voyage initiatique » et « Une ambition contrariée ».

Conception numérique : Primento,
le partenaire numérique des éditeurs.

Ce titre a été réalisé avec le soutien de la Fédération Wallonie-Bruxelles, Service général des Lettres et du Livre.